# L'ÉCURIE

ET

# LE CHEVAL.

Bordeaux, Imprimerie de G.-M. DE MOULINS,
rue Montméjan, 7.

# L'ÉCURIE

## ET

# LE CHEVAL

## FANTAISIE ÉQUESTRE,

### PAR

### UN PALEFRENIER-PHILOSOPHE.

**PRIX : 50 C.**



### BORDEAUX,

**FERET FILS, LIBRAIRE-ÉDITEUR,**

*Fossés de l'Intendance, 15.*

## 1850

# PROLÉGOMÈNES.

# PROLÉGOMÈNES.

---

## L'ANGLOMANIE.

—

### I.

Aimons-nous ou n'aimons-nous pas l'Angleterre? *That is the question*, comme dit *Hamlet*. — Certes, à cette interrogation, il n'est pas un Français qui hésitât un seul instant à répondre : — L'Angleterre, en effet, a toujours été notre bête noire; elle est à nos yeux le type de la félonie, de l'égoïsme et de la ruse; nous l'avons surnommée la perfide Albion; l'Angleterre est notre Cheval de Troie, toujours plein d'embûches; les Anglais, enfin, sont aujourd'hui, pour nous, les Grecs du dix-neuvième siècle, et, comme les Troyens du temps d'Homère, nous sommes payés pour nous méfier d'eux, même dans leurs présents.

Comment se fait-il donc que ce peuple se soit ainsi implanté chez nous; qu'il nous ait imposé, ou, pour parler avec plus de justesse, que nous lui ayons pris ses modes, ses usages, ses drogues, ses machines, ses palefreniers, ses jardins, ses assiettes, tout, jusqu'à sa langue ?

L'anglomanie nous déborde : pour qu'une idée ou qu'une invention jouisse chez nous de quelque vogue, il faut qu'elle ait passé le détroit; et l'on peut dire qu'aujourd'hui, en France, tout est anglais, excepté l'Anglais lui-même.

Depuis plusieurs années, par exemple, il se parle à Paris, à Bordeaux, partout, en France, un baragouin britannique, auquel ni Racine, ni Molière, ni Bossuet, ni aucun des écrivains du grand siècle, s'ils revenaient parmi nous, ne pourraient rien déchiffrer. — La langue française, comme dit Arnal, a des lissures : les mots anglais pénètrent chez nous par infiltration.

Le fait est qu'aujourd'hui, soit qu'on parle ou qu'on écrive, on est toujours sûr de se heurter à chaque instant contre une expression d'ou-tre-Manche ; aussi tout Français ne peut-il comprendre parfaitement sa langue maternelle qu'à l'aide d'un dictionnaire anglais , *Pocket-Dic-tionary*.

## II.

Ainsi par exemple : — Un homme à la mode se lève le matin, s'enve-loppe au saut du lit d'un *waller-*

*prooff*, appelle son *groom*, et se fait servir pour déjeûner un *beef-steak*. — Or, comme notre *dandy* est malade du *spleen*, il sent le besoin de distraction, et son *humour* le pousse à quitter les délices du *home*, où règne pourtant le plus élégant *comfort*, pour aller à la *Croix de Berny* assister à un *steeple-chase*.

Donc, avant de partir, il se débarrasse des caresses importunes de son *King's-Charles*, se revêt de sa *twine*, prend, en cas de pluie, son *Makintosch*, car le temps aussi est un peu anglais, il monte dans son *breet*, et s'arrête à la gare du chemin de fer d'Orléans.

Après avoir voyagé une demi-heure environ sur le *raill-way*, no-tre *sportman* arrive enfin sur le *turf*, ou se trouvent déjà réunis grand nombre de *gentlemen-riders*. — Plusieurs chevaux, parmi les plus célèbres inscrits au *Stut-Book*, se disposent à courir un *handy-hap*. *Lord Brougham*, *Lord Wellington* et *Miss Victoria* restent vainqueurs.

Rentré à Paris, notre *gentleman* assiste le soir à un grand dîner, il y mange du *roast beef*, y déguste du *plum-pudding*, et n'y boit pas mal de *porter*. — Au dessert, un ami lui porte un *toast* auquel il répond par un petit *speak*, et tout est dit.

Après dîner, notre *lion* va au *club*, où il fait son *wisth*, prend un verre de *punch*, de *grog* ou de *bi-*

*shop* en manière de distraction, et se rend de là dans un *rout*, au faubourg Saint-Honoré, chez un *lord* ou une *lady* quelconque. — Ainsi s'achève sa nuit.

Vous devez voir par là, Lecteur, qu'à moins d'être *beaucoup jockey* anglais, il est tout à fait impossible maintenant de rien comprendre à la langue française.

## III.

Aujourd'hui on ne peut plus, ni s'habiller, ni parler, ni manger, ni boire, ni rouler carrosse, ni se faire la barbe, ni se laver les mains, ni

vernir ses bottes, ni même se....
purger, sans payer tribut à l'Angleterre ; car les Anglais ne nous ont
pas seulement dotés du *beef-steak*
aux pommes de terre, ils nous ont
inondés encore de pilules merveil-
leuses et de pâtes pectorales, d'o-
piats incroyables, de poudres balsa-
miques et de savons prodigieux, de
toutes sortes de *cold-cream* enfin
pour blanchir la peau, et autre
buffleterie.

La pâte de Regnauld, qui avait
jadis une renommée si belle et si eu-
ropéenne, est aujourd'hui totale-
ment éclipsée par les annonces des
célèbres docteurs *Jackson, Thomp-
son, Anderson, Morrison, Adisson,
Blakson, Robertson* et *Macaireson*,

lesquels ont tous un brevet de S. M.
la reine d'Angleterre, ou au moins
du prince Albert, ce qui nous ferait
soupçonner que les brevets s'obtien-
nent en Angleterre à peu près au
même tarif qu'en France, où, mo-
yennant quinze-cents francs, tout
industriel peut se donner un gou-
vernement pour compère en charlatanisme.

Puisque nous parlons de charlatanisme, il faut bien reconnaître
que c'est encore l'Angleterre qui
nous a donné des leçons. Si nous
voyons, en effet, maintenant certains apothicaires inventer chaque
jour quelque nouvelle drogue, des-
tinée à empoisonner l'humanité souf-
frante ; si les parfumeurs créent à

chaque minute un nouveau savon ou une poudre nouvelle, — poudre odontalgique, poudre anti-scorbutique, poudre fantastique, savons pour le bain, savons pour les mains, savons pour la barbe, — c'est évidemment à l'Angleterre que nous le devons. — Il est vrai que, par les affaires qui courent, le savon est un objet de première nécessité, vu les nombreuses occasions, pour une foule de banquiers et d'agents de change, de se salir les mains. — Autrefois, certains corps d'état, tels que les serruriers, les forgerons, les ramoneurs de cheminées, avaient seuls ce privilége; aujourd'hui les sociétés en commandite et les chemins de fer ont créé une classe in-

nombrable de gens malpropres à qui
ce cosmétique est devenu indispensable.

Du reste, consolons-nous, et si
l'Angleterre nous a donné des leçons de charlatanisme, nous pour-
rions, à notre tour, lui prouver
qu'en ce genre notre belle patrie
est encore la première du monde !
— L'Angleterre a créé le *puff*, la
France l'a perfectionné.

# DU CHEVAL ET DE L'ÉCURIE

# DU CHEVAL ET DE L'ÉCURIE

## DANS NOTRE SIÈCLE.

————

1.

Mais de toutes les importations britanniques, la plus répandue, aujourd'hui chez nous, est sans contredit la monomanie du Cheval. — C'est aux Anglais que la France a

emprunté cette mauvaise plaisante-
rie, qui consiste à faire courir des
chevaux dans un hippodrome, sous
prétexte d'améliorer la race chevaline ; c'est enfin l'Angleterre qui a
fait de l'Écurie, une des plus grandes influences de ce siècle.

Va donc pour le Cheval ! Faisons-
nous l'historien de l'Écurie, si toutefois l'Écurie veut bien nous le per-
mettre ; car elle est aujourd'hui, si
grande dame l'Écurie ! C'est une
puissance si adorée et si respectée,
depuis qu'elle a détrôné le Salon !

L'Écurie est, de nos jours, le
centre aristocratique du beau monde
et du grand monde ; de cette belle
foule dorée qui a la suprématie sur
les choses et les affaires de ce temps ;

de ce monde du premier étage, frivole, élégant et riche, qui a tout
au-dessous de lui et rien au-dessus.

— L'Écurie est aujourd'hui l'antichambre de la fortune, comme autrefois, sous la Restauration, l'É-
glise était l'antichambre de la Cour.

— Aussi, quand vous avez un pied
dans l'Écurie, vous avez nécessai-
rement l'autre dans le boudoir, ce
qui prouve que vous ne tarderez pas
à marcher en plein dans tous les
grands pouvoirs de ce monde !

L'Écurie, aujourd'hui, est un
monde qui a son peuple et ses lois.
En France, MM. de Périgord, Du-
pin, Allouard, Thorn, le Prince de
la Moscowa, de Carayon-Latour, le
prince de Beauveau, le comte de

Lagrange, Mareilhac, Nexon, Regis-Midleditch, de Roflignac, de Vauteau, d'Angosse, Subercazeaux, de Seguineau, Greffeilh, Lord Strathmore, en forment la haute aristocratie ; ils en sont les maîtres et les rois ; eux seuls en ont les clés, eux seuls peuvent ouvrir les portes de ce monde à part, qui étend chaque jour plus loin ses conquêtes, et se grossit des plus grands noms. — Aussi, moi, je vous dis : Patience, mes amis, attendons encore un peu ; il y a plus de science, plus d'art, plus de poésie, plus de politique qu'on ne pense dans l'Écurie ! — Je vois d'ici venir une Assemblée-cheval, une politique-cheval, une littérature-cheval ; n'avons-nous pas déjà un dictionnaire-cheval? On joue encore tous les jours le drame-cheval au théâtre du Cirque-Olym-pique.—Patience donc, encore une fois; ni vous ni moi ne savons tout ce qui peut sortir un jour de l'É-curie !

Donc, la première condition pour faire son entrée dans le monde, c'est d'avoir un Cheval. Si vous êtes à pied, le monde vous recevra avec indifférence, mépris ou dédain; il vous fermera même ses portes ; vous ne serez pour lui qu'un homme de la foule; à peu près, rien.

Le Cheval a tout remplacé; il est indispensable aujourd'hui pour vous donner l'intelligence de ce siècle.— Le Cheval, c'est la grande supériorité du jour ; c'est une puissance qui balance à elle seule toutes les autres puissances de ce monde ; c'est un brevet de gentilhomme et d'homme d'esprit. — Le Cheval enfin, c'est le commencement de toute fortune et de toute réputation dans un temps où les fortunes et les réputations s'élèvent si vite et tombent si vite !

Un beau Cheval est votre meilleur introducteur partout ; il vous attire toutes les admirations, il vous lie avec les plus riches et les plus élégants de la ville ; il vous donne pour amis les plus grands noms de la Cour, sans compter, comme le dit un spirituel écrivain, « l'estime des femmes et des laquais, ce qui est beaucoup. » — Grâce à votre che-

val, toutes les portes s'ouvrent devant vous : la Bourse, ce temple de
l'agiotage; le Café de Paris, ce temple de la bonne chère; l'Opéra, ce
temple de l'harmonie; le salon des
ministres, et le palais du Roi, quand
il y avait encore des Rois ! —Toutes
les fêtes, tous les plaisirs, toutes les
ambitions se courbent sur votre pas-
sage; vous n'avez qu'à étendre un
peu la main pour cueillir tous ces
beaux fruits dorés! Grâce à votre
Cheval, vous êtes l'objet de toutes
les complaisances des femmes et des
flatteries des hommes; on vous sou-
rit, on vous trouve beau; la foule
se recule pour vous faire place,
elle vous ôte son chapeau, elle se
met à la fenêtre pour vous voir

passer. — Oh! l'influence du Cheval !....

Le fait est qu'à pied, on ne voit rien de la vie; on ne voit pas mieux les hommes, perdu qu'on est dans leur foule, et dans cette poussière qu'ils font autour d'eux. — Pour bien voir le monde, il faut être à cheval. — A cheval, vous dominez la cohue, vous la voyez de haut en bas, votre regard la perce de part en part et la pénètre. Vous la voyez tant que vous voulez la voir, et sous tous ses aspects; tandis qu'elle, rampe à vos pieds dans votre poussière. — Vu ainsi, de loin, vous lui paraissez toujours beau, toujours grand, toujours séduisant, toujours sublime; elle n'a pas le temps de vous analyser, car vous paraissez et vous vous en allez aussitôt; elle vous voit donc à peine, et jamais de près; — grand avantage!

Il est donc absolument indispensable aujourd'hui, pour être un homme de quelque valeur, de se connaître en Chevaux, et surtout d'avoir des Chevaux à soi; il faut qu'on vous rencontre à ces grandes solennités qu'on appelle les *Courses*. — C'est là, surtout, qu'il est important de paraître avec éclat, car on jugera de votre amabilité et de votre esprit à la façon dont vous conduisez votre équipage ou dont vous êtes à cheval. — Savez-vous bien qu'aux yeux de beaucoup de ces gens-là, vous n'êtes véritable-

ment un homme qu'à cheval, et que
moi, qui vous parle, j'ai rencontré
dans ma vie grand nombre d'imbéciles qui n'ont jamais manqué d'avoir
toujours beaucoup d'esprit....... à
cheval.


## II.


Et maintenant, qui pourrait s'é-
tonner qu'un beau Cheval se partage
aujourd'hui toutes les admirations
contemporaines, surtout quand il
vous donne de l'esprit, de la consi-
dération et des amis puissants ? Qui
pourrait s'étonner de le voir fêter
autant qu'un prince et plus qu'un

roi, aujourd'hui qu'il n'y a plus de rois ?

C'est une chose étrange ! les Chevaux ont tous aujourd'hui des parchemins et des aïeux. — On sait beaucoup mieux la généalogie d'un Cheval que celle d'un Rohan, d'un Noailles, d'un La Trémouille ou d'un Montmorency, dont personne hélas ! ne s'occupe plus ! — Les uns sont nés de *Milton* et de *Danaé*, de *Napoléon* et de *Vénus*, d'*Young* et de *Luna*; les autres de *lord Brougham* et de *lady Jane*, etc. — Quel grand Général, quel grand orateur, quel poète illustre auront jamais en Europe la popularité de *Rob-Roy*, de *Simoun*, de *Vendredi*, de *Brise l'Air*, d'*Albion*, de *Rowlston*, de

*Franck*, de *Good-for-Nothing*, d'*Her-
nani*? — Quelle femme à la mode aurait aujourd'hui la vogue de *Vo-
lante*, de *Miss Déjazet*, de *Miss An-
nette*, de *Victoire* ou de *Waltonia*?

Que voulez-vous? ils ont tout
l'honneur, les bravos, la popularité,
la gloire et le triomphe. Ils ont des
laquais pour les servir, et l'Angleterre les fait voyager en *chaise de
poste*, pendant que nous allons mo-
destement à pied, et, ce qui est pis
encore, entassés dans cette lourde
et informe machine qu'on appelle la
diligence *Lafitte et Caillard*.

Ceci me rappelle un vieux Cheval
poussif qu'abrita vingt ans l'écurie
paternelle, et sur lequel, enfant,
je faisais mes petites promenades

avec les jeunes collégiens de mon
âge. — Certes celui-là n'avait jamais eu d'ancêtres ; personne n'avait
conservé dans sa mémoire, ni le
nom de son père, ni le nom de sa
mère, tant ils étaient obscurs ; il
était le premier de sa famille, et ré-
pondait au nom peu aristocratique
de *Cadet*, qui lui venait d'un vieux
domestique aussi obscur que lui et
qui l'avait élevé. —Jamais il n'avait
mangé que de la paille, et je me
rappelle encore son bienveillant regard lorsque je lui apportais dans
ma main un peu d'herbe fraîche. —
Pauvre *Cadet !* Je vous laisse à pen-
ser ce qu'il serait devenu, lui, si
obscur, s'il se fut rencontré par ha-
sard, dans cet Olympe hippique, en

compagnie de chevaux si élégants,
de juments aussi bien élevées, aussi
belles et surtout aussi nobles : — à
coup sûr, le pauvre animal en serait
mort de honte !

## III.

Un siècle aussi *Cheval* ne pouvait
manquer d'avoir sa langue, son dictionnaire et son style. — Pour bien
connaître l'idiôme-*Cheval*, il faut
l'avoir entendu parler par nos habi-
tués du *Turf*, lors de ces fêtes du
*Sport*, dans l'enceinte du PESAGE,
véritables coulisses de l'hippodrome;
là, on le rencontre dans toute sa
pureté.

S'il s'agit d'une femme dont on veuille vanter la beauté, on célèbrera sa haute et flexible encolure, son port de tête, son poitrail, sa croupe, sa crinière, la finesse et les attaches de ses jambes, le feu de ses regards.—Nous avons entendu l'autre jour, au théâtre, à l'une des représentations d'Alboni, dans l'une des deux *fosses aux, lions* creusées à droite et à gauche de la scène, un *sportman* qui admirait tout haut les *naseaux* de la jolie M<sup>me</sup> ***. — Le lendemain, un autre *rider* disait d'une charmante danseuse, qui dansait un pas avec M. Alfred Chopis, qu'elle était *ruinée sur le devant.*— En général, ces messieurs confondent dans leur estime les femmes qu'ils préfèrent et les pouliches qu'ils aiment et en parlent sur le même ton.

Il faut toutefois remarquer que, s'il s'agit d'une belle jument, on revient alors au langage humain : elle a des proportions parfaites, le cou bien attaché, la démarche fière, rapide et ardente, une jambe irréprochable et une cambrure adorable; — sa physionomie plaît et sa robe est d'une beauté remarquable; elle n'a ni caprices, ni vapeurs, mais elle est parfois coquette. — En parlant d'une femme, le langage-*Cheval* aurait dit qu'elle était fringante.

Une pouliche peut faire des faux-pas, — une femme ne fait que des écarts. — Demandez à ce *gentle-*

*man-jockey* à quoi lui sert la crava-che qu'il ne quitte point ; il vous répondra qu'il *dresse* sa maîtresse et qu'il *élève* une jeune jument.

Enfin, lorsqu'on veut, par un dernier mot, exprimer un attrait indéfinissable, un charme particu-lier, quelque chose d'excellent, de rare et de précieux, dans une femme, on dit qu'elle a de la *race* ou bien qu'elle est *pur-sang*.

Nous lisons journellement des feuilletons sur *Chantilly* et le *Champ-de-Mars*, où il est parlé des femmes et des pouliches de manière à les confondre tellement dans l'esprit du lecteur, qu'il devient absolument impossible de se reconnaître dans le pêle-mêle du récit.

La langue-*Cheval* a pénétré partout, aujourd'hui, dans les salons les plus aristocratiques, avec les mœurs de l'écurie, l'odeur du cigare et les senteurs de la litière, qui ont remplacé l'ambre et le musc, les belles manières et le beau langage d'autrefois.


## IV.


Il y a des gens, toutefois, qui se permettent de trouver cela ridicule, et traitent de niaiserie une des plus nobles et des plus sérieuses passions de ce siècle; ces gens-là sont à coup-sûr des ignorants ou des imbéciles.

Ils disent que le Cheval ne nous mène à rien. — Sans doute ils veulent rire! Car il est bien facile de voir que, depuis le jour où la société a mis le pied à l'étrier et pris la bride en main; elle galope sans prendre haleine vers l'avenir, franchissant tous les obstacles qui pourraient embarrasser son progrès.

Ah! vive le Cheval! — Voyez plutôt un de ses plus grands priviléges : n'a-t-il pas changé en jockeys, en maquignons, en palefreniers, tous nos jeunes gens à la mode?

— La société, aujourd'hui, dans ce qu'elle a de plus intelligent, de plus élevé, et de plus noble, a dû subir le joug du cheval! — Nous en avons fini depuis long—

temps avec le clergé et la noblesse, avec l'absolutisme et les petits soupers, et les courtisans, et les chasses royales, et les maîtresses royales; mais nous avons le règne du Cheval : vive donc le Cheval ! — Nous n'avons plus de sceptre de fer pour nous régir, mais nous avons en place la *Cravache-Verdier;* c'est beaucoup plus gracieux , beaucoup plus léger, beaucoup plus coquet, beaucoup plus frivole. — Les rois s'en vont , mais le Cheval reste, et nous avons le bonheur d'appartenir à une génération qui nous mènera cravache en main. — En vérité , nous sommes un peuple bien heureux !

## V.

Mais remarquez en passant combien nous sommes petits, étroits et mesquins à côté de l'antiquité. — Nous avons fait de cette noble passion la plus misérable chose qui soit au monde. — Parlez-moi de Caligula ! Celui-là avait compris, au moins, la dignité du Cheval, aussi, pour loger le sien, Caligula n'eût pas davantage voulu du Louvre des Médicis, que du Versailles de Louis XIV; il avait bâti à son Cheval un palais dans Rome, et réglé le train de sa maison comme celui d'un roi. —

Voilà , j'espère, qui nous écrase. — Que nous sommes petits et que notre passion est bourgeoise à côté de la royale fantaisie de Caligula ! Cependant , il y a peut-être en France , à l'heure où j'écris , des hommes qui ont la prétention de croire leurs Chevaux logés comme des princes, tandis qu'eux-mêmes, presque tous grands Seigneurs, sont bien loin d'être logés comme le Cheval de l'Empereur romain.

On vous dira que rien n'est beau comme les écuries de lord P... qui, du reste, a vendu ses Chevaux, du comte de Lagrange , du colonel Thorn, du prince de ***, etc. — Moi, qui ai vu de ces écuries peintes et dorées comme le boudoir d'une mar-

quise, avec des ouvertures sur les
jardins, des pavés de mosaïque,
des abreuvoirs de marbre, des fontaines jaillissantes et des rateliers en
acajou, qu'on dirait faits pour rece-
voir des feuilles de roses, destinées
à nourrir ces charmantes juments
d'Alfred de Dreux, coquettes de la
race chevaline que nous admirons
chez les marchands de tableaux ; ces
écuries plus que royales, toutes rem-
plies de Chevaux anglais pur-sang,
étendus dans le fourrage ; j'ai trouvé
cela misérable et mesquin. — Ce luxe
m'a paru étriqué et de mauvais goût,
car, après tout, ce n'était là qu'une
écurie plus ou moins bien décorée.
— Ceci prouve combien nous sommes
dégénérés, pauvres gens que nous

sommes! Caligula a été notre maître à tous; il a été prodigieusement grand Caligula! Il a donné à sa passion des proportions colossales; Caligula a fait l'apothéose du Cheval en faisant proclamer le sien Consul. Que pourrions-nous faire après cela, lors même qu'il viendrait à quelqu'un la fantaisie de faire nommer le sien Représentant du peuple? — Reconnaissons-le, nous sommes venus trop tard.

## VI.

Malgré tout, c'est une belle chose qu'un beau Cheval, et j'avoue que je suis resté cent fois de longues heures tout entier à l'admiration d'une de ces nobles bêtes, dont je suivais tous les mouvements. — Qu'on doit être heureux, me suis-je dit souvent, de se tordre le cou sur un pareil Cheval !

Cela arrive du reste quelquefois, le *steeple-chase*, cette importation toute britannique, étant, selon moi, l'art de se casser le cou avec le plus d'agrément possible, en plein public et en livrée de *jockey*.

## VII.

Ce n'est pas tout. — Si l'écurie

est le centre du beau monde, du monde élégant et riche, elle n'est qas moins le milieu où s'agitent tous les intérêts politiques de ce temps. — Allez au Bois de Boulogne, vous y rencontrerez, aux jours de beau soleil, des Représentants, des Ambassadeurs, des financiers, des ministres, le Président de la République lui-même, tous les pouvoirs de l'État, tous les noms puissants et toutes les gloires de la France et du monde. — L'intrigue politique et la diplomatie habitent là, tous les jours, de trois à six heures de l'après-midi ; elles s'y promènent ensemble, en calèche ou en tilbury ; elles y galopent ensemble à cheval ; le Bois de Boulogne est une succursale de l'Assemblée Nationale.

Le Bois de Boulogne est le point central de la France, d'où nos hommes d'État se placent pour tout voir; c'est une sorte d'observatoire équestro-politique; la Montagne y regarde la Plaine; le Socialisme, ce jeune lutteur qui s'apprête à vaincre, y coudoie la Réaction qui s'essouffle à courir vers l'abîme. — Au Bois de Boulogne, les affaires les plus graves et les plus sérieuses se traitent dans un temps de galop; la France et l'Angleterre s'y saluent et s'y donnent la main; la Russie y marche à côté de l'Autriche, après avoir mis, l'une et l'autre, leur Cheval au pas. — Qui sait tous les traités conclus dans ce petit coin de terre, sous l'ombre grêle et poudreuse de cette *forêt civilisée.* — Le Bois de Boulogne est un rendez-vous commun d'esprit, de grace, d'élégance aristocratique et de bon goût, des choses les plus frivoles et les plus sérieuses. — Le Bois de Boulogne, enfin, est véritablement le centre de l'équilibre européen. — Pauvre équilibre !

# LES COURSES.

# LES COURSES.

## LE BOUSCAT. — CHANTILLY.

### I.

Depuis quelques jours, Bordeaux est en proie à la fièvre des Courses et l'on ne parle guère d'autre chose dans un certain monde. Le *Jockey-Club* est en émoi, et les noms de *Pis-*

tache, de *Gasconne*, de *Néra*, d'*Ur-
ganda*, de *Miss Jenny*, d'*Ursule*,
d'*Uberty*, de *Spiletta*, de *Selima*,
de *Kléber*, de *Sauve-qui-Peut*, cé-
lèbre par ses nombreuses victoires
sur tous les champs de Courses du
Limousin, circulent avec ceux d'*Her-
nani*, de *Good-for-Nothing*, de
*Curé*, de *Mameluck II*, de *Waltonia*, et de *Sensitive*, ces glorieux
vainqueurs.

Ce sont toujours, du reste, chaque année, les mêmes Courses,
le même Hippodrome, les mêmes
*Jockeys*, les mêmes fiacres et les
mêmes *coucous* que vous savez. —
A peine si deux ou trois équipages
tranchent sur cette cohue de véhi-
cules peu élégants ; piétons et cava-

liers sont enveloppés dans des flots de poussière blanchâtre qui leur donnent une teinte uniforme des plus pittoresques. — A la faveur de ce nuage olympien, *pulverem olympicum*, comme dit Horace, les femmes laides ressemblent à de jolies femmes, les *pur-sang* à des rosses de louage, les dandys à des goujats: la poussière nivelle tous les rangs; .ous les Français sont égaux sous la poussière.

## II.

Pour moi je n'ai jamais vu de

Courses comme celles de Chantilly.
— Quel lieu au monde pourrait,
d'ailleurs, être mieux choisi? —
Chantilly, avec sa vaste pelouse,
sa ceinture de grands tilleuls et de
vieux chênes; Chantilly, avec son
bourg aux maisons blanches, dont
la grande rue ferait honneur à une
capitale; Chantilly, avec ses parter-
res dessinés par LE NÔTRE, ses va-
ses et ses statues de marbre, ses
pièces d'eau où voguent des cygnes,
ses lacs et ses cascades qui se confondent à l'œil avec les plaines, les ga-
zons, les fleurs, et l'ombre mouvante
des arbres répandus sur les collines!
Chantilly, avec son vieux château et
le parc qui le couronne! Noble château! dont les fenêtres vitrées regar-

dent mélancoliquement la pelouse,
dont le vieux balcon tremble, et
qui a reçu dans ses murs Pascal et
Bossuet, Luxembourg et Lesage,
Molière et Fénélon, tout le grand
Siècle ! — Qui n'a vu les écuries
de Chantilly, au dôme élevé, arro-
sées par des fontaines, et où des
Empereurs ont soupé ?

Chantilly n'est qu'à dix lieues de
Paris. — Il fallait le voir autrefois,
sous la monarchie, quand le Duc
d'Orléans présidait à ces grandes solennités hippiques qui ne duraient
pas moins de trois jours ; quand le
Duc d'Aumale, le noble héritier du
Prince de Condé, faisait lui-même
les honneurs de son château royal.
— Tout le Paris élégant et aristo-

cratique était, ces jours-là, à Chantilly ; la route, le parc, la forêt, la plaine, étaient envahis par les riches livrées : c'était une cohue, un vrai labyrinte de Calèches, de Coupés, de Briskas, de Tandems, de Carosses à quatre et six chevaux, dont on n'a pas l'idée. — Les jeunes femmes, dans leurs voitures, souriaient aux fleurs de la pelouse, fleurs vivantes elles-mêmes ! — Tout cela, enfin, était admirablement animé, et l'on ne rentrait à Paris qu'avec regret.

Avouons franchement, pour en finir, que notre Hippodrome du Bouscat ressemble fort peu à Chantilly. — Connaissez-vous, en effet, rien de plus mal choisi, pour un rendez-vous

de plaisir, que ces quelques arpents
de landes défrichées? — Quelques
arbres décapités, quelques bruyères
arrachées, un mauvais amphithéâtre
mal abrité contre le vent, la pluie
et le soleil, ont fait l'affaire; aussi
c'est triste, nu, vide, monotone,
même aux jours les plus solennels...
Mais je m'arrête, Lecteur, car, en
ne voulant écrire que quelques li-
gnes, je m'apperçois que j'ai presque
fait un volume.

Cependant, tout livre, ainsi que
toute fable, doit avoir sa moralité;
Or, voici la mienne, que je livre,
sans commentaires, aux méditations
profondes de tous les ambitieux de
cœur, d'intelligence et de fortune,

qui veulent faire leur chemin dans ce monde :

ACHETER AU PLUS VITE UN CHEVAL.

FIN.